이
행
시
놀
이

가끔 머리를
비우고 싶을 때

시이놀행이이

필사하거나
창작하거나

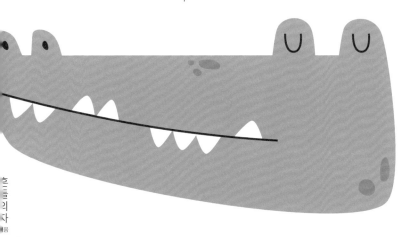

으뜸의자 엮음

이행시 짓기는 창의적 두뇌 놀이다

'식은 죽 먹기'라는 관용어가 있다.
거리낌 없이 아주 쉽게 예사로 하는 모양으로
이행시 짓기는 한국인이면 누구나
'에헤, 그 정도쯤이야.' 할 만큼 쉽고 재미난 놀이로
언어유희의 한 종류이다.

하지만 이행시 짓기에 '나름의 제약'을 둔다면
술술 나오던 이행시도 멈칫할 수밖에 없는데 그것은
첫째, 제시어 자체로 문장이 시작되어서는 안 되며
둘째, 이행시에 제시어 본래의 뜻(낱말의 속성)이나
     느낌이 살아 있어야 하는 경우이다.

이 책은 위에 두 가지 제약을 전제로 기획된
우리말의 재미와 우수함을 담은 창의적인 이행시집이다.
카피라이터 권수구 님의 창작 이행시가 그렇고
전 국민을 대상으로 1년 3개월 동안 진행된
'도전! 나도 카피라이터' 이행시 짓기의 조건도 그러했다.

"책으로 맞으면 더 아프다.
 그 속에 온갖 아픔이 다 들어가 있기 때문이다."라는
한 줄 시를 필두로 총 135개의 작품이
재미난 일러스트와 사진으로 편집된 《이행시놀이》는

#1 삶이 건조하다 싶을 때
#2 아무도 놀아주지 않을 때
#3 삶이 느슨해지고 싶을 때
#4 커피로도 쉼이 부족할 때
#5 일상이 유연하고 싶을 때
#6 머리에 감성을 충전할 때 등 여섯 개로 분류되었지만
     시에 빗대자면 연과 연 사이의 띄움 같은 것이다.

누구나 가끔 머리를 비우고 싶을 때가 있다.
아무 페이지나 펼쳐 그대로 써 보는 것도 좋지만,
낱말의 본래 의미를 생각하며 이행시를 지어본다면
나만의 '창작 이행시집'이 될 것이다.

모쪼록 멋들어지게 지어진 우리말 이행시의 매력에
빠져 주기를 기대하며, 더 나아가 두 줄 시를 쓰다가
감성이 충만해져서 모두 다 시인이 되길 바라며…

흔들의자

[차례]

#1 삶이 건조하다
싶을 때

#2 아무도 놀아주지
않을 때

#3 삶이 느슨해지고
싶을 때

#4 커피로도 쉼이
부족할 때

#5 일상이 유연하고
싶을 때

#6 머리에 감성을
충전할 때

#1
가
꿈

삶이
건조하다 싶을 때

이
행
시

필
사
하
거
나

창
작
하
거
나

권 수 구

카피라이터. 휘문고와 동국대 국문과를 나와 카피라이터로 입문. 서울광고기획, 코마콤에서 배우고 익혔다. 1993년 광고대행사 광고산방을 설립, 그 이후로도 줄곧 광고카피를 쓰며 한 우물을 파 왔다. 서울카피라이터즈클럽이 주는 SCC상, 중앙일보광고대상 카피상, 한국일보광고대상, 한겨레광고대상 금상 등을 받았다. 공저로 《명언, 그거 다 뻥이야, 내가 겪어보기 전까지는》, 《아니 이거詩》가 있다.

책으로 맞으면 더 아프다

그 속에 온갖 아픔이
다 들어가 있기 때문이다

나,

이만큼 살았네

시간의 흐르는 나이를 여행처럼 의뢰해요. 당신의 소어라 이런다름 주시습니다.

사심 가득한 남녀가
랑데뷰 하는 것

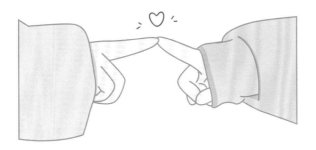

사랑이로워느느 아들다운 해석이며, 남녀가 손가락으로서 사랑을 나눌 수 있다.

봄이 오면 진달래 붉게 피고

비가 오면 철쭉도 따라 붉네

변하지 않으면
화석이 된다

연시처럼 말캉말캉

인절미처럼 쫀득쫀득, 그대와 나

인간의 일은
　　　모르는 거라고 하더니

연하남과 사귈 줄이야!

편히 잠 못 이뤘던

지난밤 당신의 마음이 전해지네요

고민하는 시간에

백 번도 더 말했겠다

만나고 헤어지는 일도
　　　내 맘대로 안 되더니

남이 된 이 잊는 것도
　　　내 맘대로 안 되더라

연락 할까 말까...
애간장 태우는 밀당

눈에도 마음이 있어

물결이 인다

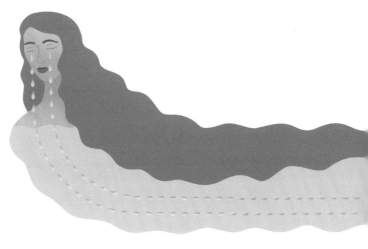

인간 세상엔 편집이 없다
생방송이니까!

오
늘

권
수
구

오전도 소중하고 오후도 소중하다

늘그막엔 다 아쉽다

지금 믿음으로 글을 이행하오 세보세요. 당신의 글이 더 아름다울 수 있습니다.

24

선생님이 오셔도

물 밖에 못 드리던 시절이 있었습니다

자기를 찾는 중요한 일인데
연차를 몽땅 써서라도 떠나자

생까면 화나죠

일 년에 한 번 뿐인 날인데

Sorry For Being Slow
HAPPY BIRTHDAY

임자! 월급 들어왔수?

금방 왔다갔어요

자녀 이야기 : 교장 선생님으로 퇴직하고도 입버릇처럼 아이디어를 주셨습니다.

물건 사러 가서

가슴 쓸어내리는 일은 없었으면

창밖의 여자, 이 노래로

조용필은 세상을 감동시켰다
새로운 것은 그래야 한다

바나나를 보고
보라색이라고 하는 놈

만두를 두 개 샀는데

세 개가 담겨 있잖아!

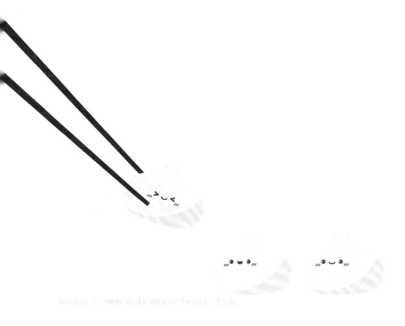

글이란

쓰다가 지우기도 하고

기워서 쓰기도 한다

2

가끔

아무도
놀아주지 않을 때

이행시
필사하거나
창작하거나

한 명의 백성도 빠짐없이

글을 읽고 쓸 수 있게 해주셨구나

운명에만 맡기면
세상살이 재미없죠

희
망
___

임
현
주

희한하게 눈엔 안 보이는데

망연자실할 때마다 찾아오는
거대한 힘!

김나는 라면 앞에서
치명적인 매력을 뽐내다

열 대만 때리고 싶다
망언하는 일본인들

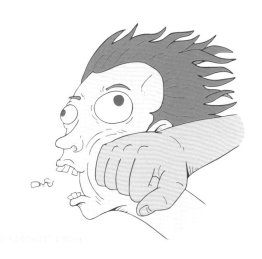

가즈피로: "으으응 데덴도 배상금은신한바라지안마가…? 혹러없으면…"

세상에나!

월세 내는 날이 벌써 돌아왔네

독사에게 책을 읽힐 수만 있다면

서서히 사람이 되는 것을 볼 것이다

도망치지 말고
전설이 되자!

행여나 노력 없이

복이 올 거라 기대마세요

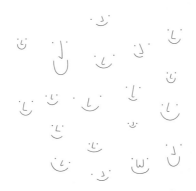

하~ 맑다 맑아!
늘 이랬으면 좋겠네!

바라보면 탁 트여 마음이 시원해
다가가면 차가워 두 발이 시원해

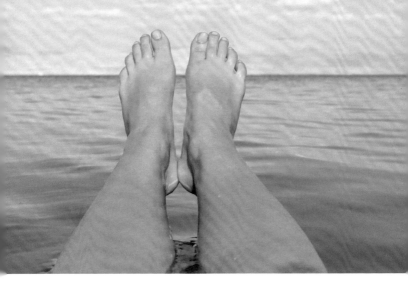

기적을 만드는
회심의 찬스

시련이 닥친다 해도

작심하고 스타트

불이 나면
행복도 타버린다

가라앉으려는 사람은 지푸라기 하나에도 매달리는 법입니다.

먼 곳에 있지 않습니다

지금 당신 콧속으로 쏙쏙…

만원에
족발 2인분

안하는 자식들은 모르지만

부모님 마음은 그게 아니랍니다

친형제도 외면하는데

구구절절 들어주는 사람

결론은
혼자서 못 산다는 것

신랑도 잘생기고…

부럽다 가스나야~

목탁소리 은은히
　울려 퍼지면 내 마음 속
욕심의 찌꺼기들이 씻겨 내려가네

장미

w a n * *

장날에 여름을 구입했다
미니 화분에서 b월의 향기가 났다

추풍에 낙엽 질 때면

억새밭에 숨어 입맞춤하던
그가 생각난다

3

가
끔

삶이
느슨해지고 싶을 때

이
행
시

필
사
하
거
나

창
작
하
거
나

KEEP
CALM
♥

성당, 절, 교회 가서
공들여 기도하는 이유

계산 없이 덤비면

획획 시간만 간다

가슴이 뛰는다... 가슴 아팠지도 모르겠다, 날뛰어 가지 끝이 있다면 할 수 없는지도

열 번 찍어봤으면 한 번 더 해봐

정말 놀라운 일이 벌어질거야

무늬만 인간이다

지식 쌓기를 게을리 하면

용감하게 표현하고
기세 있게 행동하라

시 분 초를 헤프게 쓰다간

간 태우며 살고 말지

김ㅇㅇ의 작은 글씨 이용하여 적어줘 글자 이미지를 추천입니다.

고생도 끝이 있다
난 용기를 낸다

침 튀기는 사람보다

묵묵히 들어주는 사람이 금이다

지식은 부족해도

혜안을 가진 사람이 더 사람답다

공짜로 성공하겠다는 건

부질없는 욕심이다

지금까지는 공으 지병으로 써보세요. 딸랑딸랑이 다가갑니다요ㅡ 웃습니다.

배우고 익히면
움트는 희망의 싹

근육을 잘 쓰면
면할 수 있다, 가난!

기억하세요

부자만 할 수 있는 건 아니라는 걸

실실거리다

수채 구멍에 처박히는 수가 있다

지금까지의 삶을 이렇다고 미뤄내고, 당신에 긋이나 이렇다죠 수 있습니다.

실수를 반복하고도 반성이 없다면

패가망신할 것이다

성적 좋은 아이만이
장한 어른 되란 법 없다

지금 아이가 공부 잘하지 못한대도 당당히 크리다 걱정하실 것 없습니다.

경륜이 쌓이면
험한 일도 거뜬!

걷고 또 걸으면
기적처럼 뛸 수 있다

소처럼 일하는데

망하지나 않았으면 좋겠네

신수가 훤하려면
체력단련은 필수!

각자마음에 드는 운동 이행의로 잡으세요. 일년 후에 다 이러나올 수 있습니다.

긍께,

정색하고 부정부터 하지 말랑께

긍정이란 옳다고 인정하는 것이다. 기작이 긍정이다.

김
경
태

황당하고 기막힌 건 우리요

사드보다 모래가 더 문제요

예나 지금이나

술에서 명작난다

#4

가끔

커피로도
쉼이 부족할 때

이행시
필사하거나
창작하거나

시궁창 안에서도
인생을 논하네

방긋 웃는 학생들 얼굴

학수고대하던 바로 그날

구비 구비 힘든 인생

경치 한번 보고 가소

여유를 찾아서

행복을 찾아서

휴대폰을 껐습니다

가족과 함께하는 시간이니까요

고속도로 잘만 뚫렸는데
향수병이 뭔 소리고!

아들아, 먼동이 텄다
침대를 박차고 일어나라

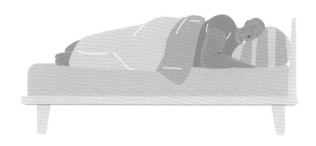

출가외인이라 하지 마요
엄마, 자주 올게요
발그레 새 신부 두 볼에
눈물 한 줄기

새색시 맛난 음식 머리에 이고 오니

참았던 배고픔이 눈 녹듯 사라지네

혼인, 그거 사랑으로 하는 건데

수저 두 벌이면 안 되나?

가화만사성

정답입니다

결혼 5년차, 피눈물 나는 노력
실실 웃게 됐다. 아들딸 동시획득!

건전한 술자리문화
배우면서 한 잔 짠!

시원한 원두막에 모여 수박 먹고

골짜기 뛰어놀던 그 시절이 그립네요

강가에는 녹조라떼가 넘치고

물은 그만 보내 달라고 아우성치네

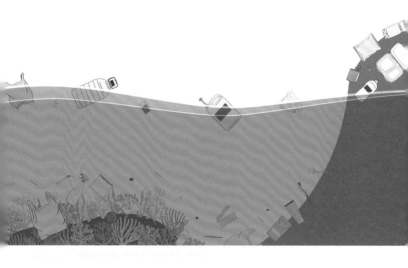

사랑하는 부모님 모습
진작 더 많이 담아둘 걸…

효능 좋은 비타민 선물 하나보단

도란도란 오늘 있었던 일 열 개 말하기

졸음과의 싸움은 끝났다

업무와 싸워보고 싶다

동아전과 기억 나냐?

창피하게 전과비 받아서
　오락실 다녔던 것도 생각 나냐?

소시지 김밥, 사이다, 삶은 계란

풍선처럼 부푼 마음

웃는 소리는
음치가 내도 아름답다

운빨만 믿는 자

명명백백 망한다

동생 손잡고 집으로 가는 길

행여나 놓칠까 꽉 잡은 두 손

#5
가끔

일상이
유연하고 싶을 때

이행시
필사하거나
창작하거나

계속해서 오지만

절대 머물지 않는 것

피난길 같은 여름휴가

서울에도 좋은데 많아요

하도 밝아서

지금 저녁인지 몰랐어

칠부바지도 이제 덥구만

월매나 더 벗어야 시원할꼬...

폭발할지 모르니

서로서로 피해갑시다

입춘 지난 지 엊그젠데

추석이 코앞이네

연달아 또 먹고 노는구나~

휴~ 이번엔 몇 킬로나 찔까

낙심 마시오

엽록소를 채워 다시 오겠소

가시나야! 책 좀 봐라~
을매나 재밌는데

입 돌아가겠네
시험공부 하다가...

겨우 가을을 만끽하기 시작했는데

울 때나 흐르던 콧물이
　　벌써부터 줄줄… 춥다!

내 몸에 2.4도 추가

복잡한 생각 없이 슥, 착!

연인인 듯 뜨겁게 모시더니

탄 뒤엔 발로 차 버리네

첫 눈

하 승 희

첫 번째는 모든 것이 설렌다

눈도 그렇다

온 세상이

정말 아름다워지는 방법

김이 하얗게 서리도록 추워도

장모님의 손맛은 어김이 없네

선 행

김 유 정

선심 쓰겠다고 천 번 말하기보다

행복이 천 배 되는 한 번의 실천

자선냄비에

비상금을 털어 넣는 것

성가대의 맑은 목소리로 예수님의

탄생을 맞이하자

송편 빗은 지 엊그제

년말 대상을 보고 있는 오늘

제대로 살아보자고 결심한 올해,

야속하게도 남은 시간은 하루 뿐

새로운 시작!
해피 뉴이어!!

서서히 포근하게 내려와

설악산 등허리를 하얗게 감싸주네

가끔

머리에
감성을 충전할 때

이 행시
필사하거나
창작하거나

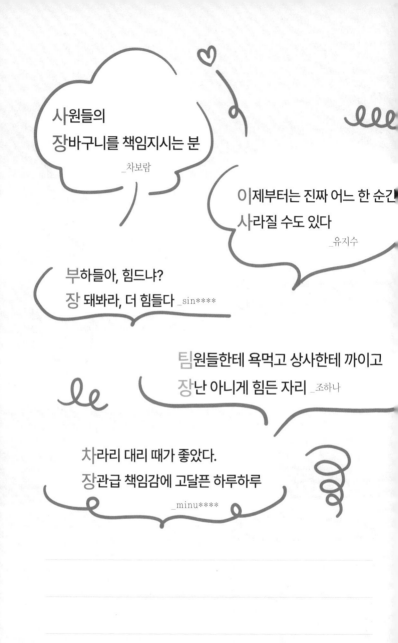

사원들의
장바구니를 책임지시는 분
_차보람

이제부터는 진짜 어느 한 순간
사라질 수도 있다
_유지수

부하들아, 힘드냐?
장 돼봐라, 더 힘들다 _sin****

팀원들한테 욕먹고 상사한테 까이고
장난 아니게 힘든 자리 _조하나

차라리 대리 때가 좋았다.
장관급 책임감에 고달픈 하루하루
_minu****

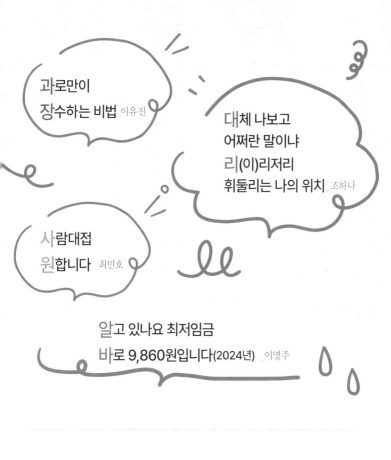

서로 부둥켜안고 상경했던 그날 밤

울지 말고 성공하자 다짐했네

부럽다 친구야!

산과 바다가 눈만 뜨면 다 보여서!

인생이 답답할 땐
　　　　조개구이에 소주 한 잔
천국이 따로 없다

대신 갚자, 나라 빚! 국채보상운동!

구시대적 독재 반대! 2·28민주운동!

광어보다는 홍어제

주(죽)기게 맛있당께.

전국에서 음식 맛있기로 소문났지만

주인공은 뭐니 뭐니 해도 비빔밥!

춘천

김경태

춘하추동 젊음이 끊이지 않는
천하제일의 낭만의 도시

이조백자, 고려청자 도자기의 중심
천년만년 맛있는 쌀의 고장!

수도 없이

원도 없이 왕갈비를 뜯었네

제 아무리 유명한 휴양지도 조연일 뿐

주연은 오로지 대한민국 탐라

독립군의 마음으로

도적떼로부터 지켜내자, 우리 땅!

Ungdo (East Island) - 131°52′10.4″E, 37°14′26.8″N

직글 피오니는 긍을 이행시로 재보세요. 당신의 글이 더 아름다울수 있습니다.

독도

Seodo (West Island) - 131°51′54.6″E, 37°14′30.6″

창작 이행시의 두 名作!
「뻥 X 이거시」 콜라보레이션!!

"한글만이 주는 독특한 글맛의 매력이 있다. 카피 명인과 일러스트레이터의 손과 머리, 마음을 빌려 완성된 세대공감 유쾌한 명언집!"_mu*****

108개의 주제로 된 2,000여 개의 명언, 주제에 맞는 이행시가 기발하다. 카피라이터의 명카피에 맞게 그림을 그려 넣었으니, 이해가 안 될 수가 없는 명언집. 이해보다는 공감이란 표현

《명언, 그거 다 뻥이야.
내가 겪어보기 전까지는》
권수구 · 흔들의자 지음
일러스트 박재성 256p

이 맞을 듯싶다. 우측 페이지에 있는 명언보다 좌측에 그림과 함께 있는 이행시에 유독 눈이 간다. 이행시를 읽다 보면 주제어에 맞게 어쩜 그리 탁월한 문장을 만들었는지 감탄하지 않을 수 없다. 분명 명언들의 모음집인데 꼭 소설이나 에세이를 읽는 것 같은 기분이 들 것이다. 이행시에 깊은 철학적인 향기가 배어있다.

"책을 읽으며 누구나 마음속에 시인을 품고 있는 건 아닐까. 다양한 사람들의 기발한 이행시를 보며 감탄하게 되네요. 추천합니다."_chul****

《아니 이거시》
우리들의 이행시 이야기
흔들의자 · 권수구 지음
일러스트 이병경 224p

15개월 동안 전 국민을 대상으로 진행된 「도전! 나도 카피라이터」 선정작 《아니, 이거시》. 왼쪽은 선정된 이행시와 카피, 일러스트가 있고, 오른쪽 면에는 선정되지는 않았지만, 응모된 이행시 중에서 공감 있고 창의적인 글들로 어우러진 책. 책장을 넘겨보면 알겠지만 한 장 한 장이 감동이다. 50,000여 조회수, 12,000개의 응모. 수많은 사람들의 머릿속에서 나온 창의적인 생각. 그 안에 숨어 있는 감정, 한글의 우수함과 매력을 알게 된다. 그냥 무의식적으로 두 글자만 보면 자꾸 이행시를 짓게 되므로 주의를 요한다.

이행시놀이
필사하거나 창작하거나

초판 1쇄 발행 | 2024년 12월 6일

지은이	흔들의자
펴낸이	안호헌
에디터	윌리스

펴낸곳	도서출판 흔들의자	
	출판등록	2011. 10. 14(제311-2011-52호)
	주소	서울특별시 서초구 동산로14길 46-14. 202호
	전화	(02)387-2175
	팩스	(02)387-2176
	이메일	rcpbooks@daum.net(원고 투고)
	블로그	http://blog.naver.com/rcpbooks

ISBN 979-11-86787-61-8 03810
ⓒ흔들의자